구름 山房산방

황금알 시인선 1

구름 山房산방

초판인쇄일 | 2010년 04월 17일
초판발행일 | 2010년 04월 30일

지은이 | 정완영
펴낸곳 | 도서출판 황금알
펴낸이 | 金永馥
선정위원 | 마종기 · 유안진 · 이수익
주 간 | 김영탁
편집실장 | 조경숙
표지디자인 | 칼라박스
주 소 | 110-510 서울시 종로구 동숭동 201-14 청기와빌라2차 104호
물류센타(직송 · 반품) | 100-272 서울시 중구 필동2가 124-6 1F
전 화 | 02)2275-9171
팩 스 | 02)2275-9172
이메일 | tibet21@hanmail.net
홈페이지 | http://goldegg21.com
출판등록 | 2003년 03월 26일(제300-2003-230호)

ⓒ2010 정완영 & Gold Egg Publishing Company Printed in Korea

값 8,000원

ISBN 978-89-91601-80-2-03810

구름 山房^{산방}

정완영 시집

황금알

구름 山房_{산방}

날아온 우편물들 낙엽처럼 흩어지고

허름한 옷가지들 구름처럼 걸려있고

이따금 전화벨 소리가 山果_{산과}처럼 떨어진다

* 이 시집에 실린 작품들은 기발표작과 미발표작이 혼재해
  있다는 것을 말해 둔다. 내가 60여 년동안 쓰고 지우고 했던
  고심苦心의 날의 흔적, 그 허접쓰레기들을 낙엽처럼 긁어모아
  천지간天地間에 분축焚祝 드리는 심정이라고나 할까.

4부

5부

1부

감을 따 내리며

저렇게 푸른 하늘이 어디에다 가마(窯요)걸고

이렇게 붉은 열매를 주저리로 구워 내렸나

아흔 해 이 땅에 살아도 가마터를 나는 몰라.

그리운 가을하늘 二品이품

비바람 다 보내고, 번개 천둥 쏟아내고

하루 한 길씩을 높아가는 가을하늘

열두 발 상모를 돌려도 걸릴 곳이 하나 없네.

그리운 가을하늘 三品_{삼품}

사랑도 구만리 길, 이별도 구만리 길

만약 저 허공에 저 하늘이 없었다면

어디다 머리를 두고 나는 울 뻔했는가.

가을 1

높이 뜬 구름결에도 가을 향기 흐르는 날

더운 물 실리는 숲 모닥불 놓는 黃菊^{황국}

산 너머 외로운 고향이 있는 것도 싫지 않다.

가을 2

사랑은 銀_은이 한 냥, 이별도 銀_은이 한 냥

잘 익은 설움마저 헤아리면 銀_은이 석 냥

오늘밤 가로등불은 유난히도 키가 크다.

안경 6

세월도 흩어놓으면 갈대밭이 되어 울고

머리맡 벗어 놓은 안경이 그 갈밭에 앉아 운다

휘영청 달 밝은 밤이면 北天북천 가며 혼자 운다.

안경 11

수수깡 안경만 써도 천 리 밖을 보던 소년

돋보기안경을 부쳐도 눈앞마저 침침하다

소년이, 소년이 왜 늙어 안경 제가 늙은 게지.

오동잎 그늘에 서서

오동잎 그늘에 서면 하늘이 자꾸 넓어진다

올리는 담배연기 구름결도 넓어지고

스르릉 萬感만감의 바람이 어깨 위에 다 실린다.

종달새와 할미꽃

어젯밤 실실 단비 산과 들을 다 적수고

새아침 하늘문 열고 종달새 비비비 읊은

저 언덕 할미꽃 하나 고개 들라 함이다.

春愁춘수

물오른 버들개지를 꺾어 들고 내려와서

겨우내 배고팠던 항아리에 꽂아준다

둥글고 어여쁜 수심도 봄 더불어 꽂아준다.

竹露茶죽로차를 달이며

섬진강 하동 고을 화개장터 또 쌍계사

지리산 골 깊숙이 더 깊숙한 山茶산차 향기

竹露茶죽로차 눈뜨는 소리에 새 봄빛이 오르더라.

鳥嶺關조령관 구름

어차피 한 냥 빚도 빈 소매엔 무거운 것

괴나리봇짐 벗어 솔가지에 걸어두고

정처도 없는 구름이 혼자 재를 넘고 있다.

大浦港대포항에서

한계령 넘은 피로를 대포항에 싣고 와서

갈매기 나래를 쉬듯 민박촌에 짐 부리고

한 개피 남은 담배로 밤바다를 불붙인다.

여름은 가고

세월은 경부선 열차 봄은 잠시 천안역이고

여름이 지루하대도 3분 정차 대전역이데

가을은 애당초 簡易驛간이역 등불만 흔들고 지나가리.

나무는 1

사람은 겨울이 오면 옷을 자꾸 껴입는데

나무는 옷을 하나씩 자꾸 벗어내립니다

다 벗고 無慾무욕한 하늘을 얻어 입고 섰습니다.

나무는 2

나무는 모르는 체 눈을 감고 섰다가도

하늘이 부르심에 落葉낙엽으로 보내더라

한 벌 옷 입었다 벗는 일 줄〔絃현〕 고르듯 하더라.

고추잠자리 떴네

장마 개인 빈 하늘에 고추잠자리 떴네

백일홍 꽃빛 타고 가물가물 노을 타고

어느새 올해도 白鷺節백로절 어머님 생각이 떴네.

꽃 좀 보소

힘겨운 세상살이 하루해도 지겹지만

그래도 봄이 석 달, 가지마다 꽃이로세

목련꽃 이마 좀 보소, 환히 웃는 꽃 좀 보소.

낮달

수심도 어깨너머 돌아보면 곱더라만

눈물로 비춰보니 꽃 진 날이 더 곱더라

까마득 잊혀진 하늘가 내가 흘린 저 낮달.

기러기 葉信엽신

안동을 다녀와서 안동 벗에게 편지 쓴다

하회강 백사장처럼 눈이 부신 하얀 葉書엽서

갈 하늘 기러기 같은 사연들을 내려 앉힌다.

백일홍 꽃빛

곱기만 한 꽃이야 이젠 눈에 안 담기고

팔월 장마 끝에 높이 뜨는 목백일홍

저 멀고 아득한 꽃빛이 내 가슴에 물을 댄다.

목욕을 하고

목욕하니 외로워진다 씻은 날의 그 허전함

허물 다 벗고 나면 그 날이 또한 이럴 건가

조금은 때와 눈물을 밑천 삼아 사는 인생.

이발을 하고

더벅머리 그대로가 그냥 편한 俗속이라서

削髮삭발을 진작 못해 나는 僧승이 못 되었네

흰머리 반만 깎아도 빈 하늘이 더 추워.

秋風嶺추풍령

구름은 하늘밖에 날고, 바람은 불을 안고 온다

영마루 도는 日月일월은 태산이 쓴 寶冠보관일레

星霜성상도 犯범치를 못해 피명 지명 하더라.

가을 향기

立冬_{입동}철 아침 해는 山菊_{산국}보다 더 매운데

된서리 맞은 탓인가 銀錢_{은전}처럼 타는 날은

꽃보다 진한 향기가 붓끝에도 흐른다.

雪日설일

흰눈발 자우룩히 온 누리를 덮은 날을

고목나무 가지 끝에 새 한 마리 앉아 있다

어디로 날아갈 건가 내 心頭심두에 앉아 있다.

겨울나무 1

가만히 새겨보면 겨울나무 가지 끝에

흰눈발이 서성이는 하늘문이 열려 있다

卍만자 창 가지 너머엔 그런 문이 열려 있다.

겨울나무 2

나무는 바람 앞에 꽃도 잎도 꺼버렸다

하늘이 흰 눈발을 푸슬푸슬 날리는 날

그제사 꺼지지 않는 燈皮등피불을 켜들었다.

겨울나무 3

조금은 수척해 있어야 겨울새가 앉는 거래

조금은 비워 두어야 눈발이 와 닿는 거래

아니래, 가득해 있어야 冬風동풍이 와 우는 거래.

겨울나무 5

저렇게 황홀한 것도 이 세상에 첨 보았고

저렇게 참담한 것도 이 세상에 첨 보았다

사슴이 사슴뿔 이듯 가지 위에 하늘인 것.

2부

고향보다 더 먼 고향

고향을 찾아가니 고향은 거기 없고

고향에서 돌아오니 고향은 거기 있고

흑염소 울음소리만 내가 몰고 왔네요.

안경

마음이 즐거운 날이면 내가 가만 안경을 쓰고

목숨이 서러운 날이면 안경이 짐짓 나를 씁니다

시름도 차고 이우는 해와 달의 길목에서.

고향산 바라보며 1

서울에도 산은 많지만 나와는 멀리 누워 있고

오랜만에 고향에 돌아와 옛 산 옛 물 바라보니

구십 년 안개를 헤치며 죽순 같은 산이 오른다.

한 쌈 싸서 먹고 싶다

황악산 푸른 바람, 직지사 푸른 물결

흐드러진 신록까지 한 쌈 싸서 먹고 싶다

흰 구름 한 장씩 더 뜯어 보태주는 쑥국새.

歸故귀고 1

立冬입동철 어머님은 흰 옷만도 추웠는데

윗 냇물 냇물에 앉아 씻어 올린 그 배춧잎

흡사 그 배춧잎 같은 손이 시린 고향 하늘.

思母曲 사모곡

동산 위에 뜨는 달만 한가위 달이더냐

고향 산 산자락에 내려앉아 둥근 저 달

어머님 잠드신 봉분도 내 가슴엔 달이더라.

다시 思母曲_{사모곡}

살아생전 고향집 지키며 혼자 살던 어머님이

죽어서 산으로 돌아가 산에서도 혼자 사네

민들레 호롱불 켜놓고 봄밤 혼자 새우셨네.

감자꽃

흰 구름 설핏설핏 그림자를 놓고 가면

그 옛날 쪽진 머리 울 어머니 닮은 꽃이

고향 벌 시절 좋다며 바람 끝에 나앉는다.

감자꽃

패랭이꽃

사금파리 갖고 놀다 손을 다쳐 흘리던 피

아니면 당신 생각 대낮에도 뜨던 별빛

엄마야 어쩌면 좋아 온 산 불똥 튀겠네.

빈 집

들성댁 '종록이' '차녹이' 그들 누이 '작은 징이'

지금쯤 어디서 사는지 모두 세상 떠났는지

석류꽃 혼자서 불 달고, 혼자 터진 저 破裂音파열음.

鄕愁향수

할머니 팔베개로 잠이 들던 고향 밤은

달래 냉이 꽃다지 같은 잔별들이 돋아나고

잔뿌리 내리는 소리가 밤새도록 들렸습니다.

호박꽃

호박꽃을 들여다보면 벌 한 마리 놀고 있다

호박꽃을 들여다보면 초가삼간이 살고 있다

경상도 어느 산마을 노란 등불이 타고 있다.

고추장이 쫓던 소년

세월도 한 구비만 돌아들면 옛터일까

고추장이 쫓던 소년 눈망울에 젖은 구름

애호박 닮았던 소녀가 다시 한번 보고 싶다.

鄕友 향우

나보다 두 살 아래인 고향친구 崔吉鎭兄 최길진형

나보다 두 살쯤 위에서 들려주던 고향소식

어쩌면 달뜨는 동산 퉁소소리 같았어라.

혼자

혼자서 살면서도 혼자인 줄 몰랐더니

아무도 없는 고향 그 고향을 다녀와서

맥 놓고 앉아있는 밤 혼자인 걸 알았네.

風雪풍설 열차

고향은 꿈도 잠도 떠나가고 다 없는데

노래만 별 하늘에 散彈산탄처럼 박혀 있고

추풍령 넘어선 열차가 지둥 치듯 합니다.

옛 마을 찾아와서

고향 산 가까워도 멀기로야 만 리 하늘

구십 년 아득한데, 눈 감으면 어제로세

별 총총 묻어둔 하늘에 밤이슬이 다 젖어.

무명 한 필 구름 한 필

시냇가 자갈밭에 널어 말린 무명 한 필

푸른 산 뻐꾸기가 널어 말린 구름 한 필

산 너머 외갓집 마을엔 강물도 널어 말리더라.

내 고향 징검다리

징검징검 건너가면 저 세상이 거기 있고

징검징검 건너오면 이 세상도 거기 있고

그 환한 눈물의 이치가 냇물 속에 흘렀었네.

祭日제일

액자 하나 사이에 두고 이 저승은 갈라서고

한 번 들어가 앉은 사람 다시는 못 나오네

새벽 닭 홰울음 치는데, 촛농 자꾸 지는데.

호박꽃 초롱

그 옛날 내 누이가 들고 가던 호박꽃 초롱

뉘 네 집 승용차 속에 오늘밤도 실려 가네요

기름은 다 닳았는데 초심지만 타고 있네요.

호박꽃 초롱

3부

無一事무일사

지난 밤 꿈만 해도 난 萬里만리를 헤맸는데

朔風삭풍 맞은 가지 두세 송이 올라앉아

아무 일 없다는 듯이 天地間천지간에 핀 목련화.

이승의 등불

내가 죽어 저승엘 가면 이승이 고향이 아닐까

너랑 나눈 한 잔 차 이야기, 오소소 추운 落葉낙엽

가을밤 잘 익은 등불이 모두 꿈길에 밟히겠네.

활처럼 휘인 세월

모과나무 무거운 가지가 하늘 끝을 휘어잡는다

세월도 무게가 실리면 활대처럼 휘이는가

봄볕이 어제만 같은데 가을이 또 숨이 차다.

뻐꾸기 울어

뻐국 뻐국 뻐국 뻐국 이 산 저 산 바위 놓는다

뻐국 뻐국 뻐국 뻐국 골골마다 궁궐 짓는다

들찔레 하얀 꽃잎만 소복소복 지는 날에.

파초잎 꺾어놓고

영화도 무성턴 여름도 끝내는 가는구나

뜰 아래 풀벌레소리 낭자하게 울려놓고

파초잎 비 젖은 한 잎만 꺾어놓고 가는구나.

늦잠자리 있는 풍경

아득히 푸른 하늘을 나래 위에 불사르고

늦잠자리 한 마리가 꽃대 물고 졸고 있다

가을은 막막한 바다 저 꽃대는 외로운 섬.

해바라기 1

해바라기 뜨거운 꽃밭에 징소리가 울려 퍼진다

唐草紋당초문, 불꽃무늬, 昇天圖승천도가 울려 퍼진다

차라리 꽃은 귀먹고 눈이 멀어 섰는 채로.

해바라기 2

동공에 화살을 받은들 욕망은 落馬낙마 못하네

칠월 萬綠만록을 누르고 單騎단기로 선 해바라기

弓裔궁예여, 돌이킨 蒼天창천의 너 一輪일륜의 創業창업이여.

돌아눕는 산

한 구십 살자 하니 제풀에도 제가 지쳐

팔베개 접어 베고 돌아누울 때가 있다

저보게 저 산도 지쳤나 돌아눕는 것 좀 보게.

아내의 노을

산 아래 살자하니 그도 산을 닮는 걸까

오늘은 약수터에 물 길으러 간 아내가

흡사 그 원추리꽃 같은 산노을을 입고 왔다.

세워 본 내 그림자

세월도 가을걷이도 다 건너 간 이 벌판에

세워 본 내 그림자는 定石정석인가, 自充手자충수인가

西天서천을 가는 새 한 마리 가물가물 기약 없다.

모른 체하는 세월

외로움도 칠십 무렵은 밑천인 줄 알았는데

팔십 고개 넘고부터는 이·저승도 그저 그만

구십은 九霄구소에 닿는가 별 하늘이 흔들려.

한세상 이야기 1

우리가 손을 놓고 헤어지는 그날 밤은

못다 한 말 있더라도 돌아보지 말 일이다

자꾸만 뒤돌아보니까 달이 따라 오는 거다.

한세상 이야기 2

귀뚜리 울음소리도 창가에만 놓아두면

울다가 하늘에 올라가 모두 별이 되는 건데

자꾸만 데리고 다니니 옷자락이 젖는 거다.

한세상 이야기 3

고향이 별 곳도 아닌데, 그냥 그 산 그 물인데

정 주고 눈물 준 이들 떠나가고 다 없는데

기러기 울면서 가니까 눈물이 따라 가는 거다.

耳鳴이명

길 없는 길을 따라 기러기나 오시라고

비워둔 하늘인데 등불 들고 가는 저 달

내 귀는 서리가 앉는가 黃菊황국처럼 징징 운다.

月嶺賦 월령부

내 있어 嶺령이라 하자, 만산 적적 꿈이라 하자

기러기 그나마 외기러기 다 울고 간 밤이라 하자

등 뒤에 저 밝은 달을 어이 지고 샐 건가.

못다 한 말

내가 밤을 새워가며 詩시를 자꾸 쓰는 뜻은

落花낙화시절 보냈는데도 못다 한 말 있기 때문

꽃 지고 꽃 속에 물리는 까만 씨앗 있기 때문.

못다 한 말

꽃 지는 날에

바람 한 점 없는 날에 시름없이 지는 저 꽃

저런다고 세월이 안 가나, 간 시절이 돌아오나

봄마다 하는 되풀이 하늘은 왜 자꾸 하나.

꽃과 나무

꽃은 나무의 한숨 어쩌면 수심일지도 몰라

고되고 아픈 세월을 오래오래 살다가보면

우리네 눈물도 탄식도 환하게 펴날는지 몰라.

蘭난보다 푸른 돌

옛날엔 칼보다 더 푸른 蘭난을 내가 심었더니

이제는 깨워도 잠 깊은 너 돌이나 만져본다

天地間천지간 어여쁜 물소리 새 소리를 만져본다.

봄눈 내리는 밤에

하늘님은 하늘밭에 매화나무를 심었던가

이런 밤 내도록 매화꽃을 뿌리시고

이 세상 상처 난 자국 봄풀 예비하신다.

꽃의 적막

이 세상 오기 전에 꽃은 어디 살았을까

洛花낙화로 지고 말면 어디 가서 꽃은 살까

꽃보다 적막한 저 세상 별자리는 불러줄까.

春分節춘분절 새

풀렸나 했다가는 도로 감긴 雨水우수 驚蟄경칩

그래도 참새 떼는 두세 마리 날아와서

강둑아, 일어나라고 春分節춘분절을 흔든다.

부싯돌 치는 바람

생각이 물이 들면 옷자락도 물이 든다

스치는 바람결도 부싯돌을 치고 가고

그 불이 들불이 되어 온 강둑이 들국화다.

진달래꽃

어린 봄 양지받이 부끄리던 진달래꽃

연분홍 곱다 못해 다홍으로 물을 쏟고

새벽닭 홰울음 치듯 만산중에 울더라.

洛花낙화

오시던 님의 길을 자리마다 채색하고

꿈인 양 돌아간 날은 봄조차 비웠는데

내 마음 무너진 城성터에 어지러이 지는 洛花낙화.

山房산방 詩抄시초
— 먼저 온 겨울

가을이 가기도 전에 겨울이 먼저 와서

기러기 울기도 전에 성큼 자란 내 그림자

비보다 추운 낙엽이 자꾸 발등 적신다.

반만 보고 반만 듣고

세상사 보기 싫거든 반만 보고, 먼 산 보고

인간사 듣기 싫거든 반만 듣고, 구름 보고

그렇게 살다가 갈거나, 반만 보고, 반만 듣고.

4부

꽃과 물이 한 세상

유채꽃이 바다에 들면 바닷물이 꽃밭 되고

바닷물이 꽃밭에 오르면 유채밭도 바다일세

이 · 저승 따로 없어라 꽃과 물이 한 세상.

꽃과 물이 한 세상

한계령 단풍

우리 집 거울 속에는 내 얼굴만 비쳤는데

雪嶽山설악산 불 단풍 속에는 정도 한도 다 비치네

푸르고 붉었던 날들이 만장으로 다 비치네.

山愁 산수

타오른 불단풍을 곱다고만 하지 마라

다지고 또 다져서 술이 익는 雪嶽山 설악산도

절벽은 흰구름 끌안고 무너지고 싶단다.

山心산심

獨對독대한 등불 아래 庵子암자처럼 앉은 밤은

종소리 같은 잎이 하나 둘씩 떨어지고

雪嶽설악은 염주알 굴리듯 밤새 찬물 굴린다.

大靑峰대청봉에 서서

그 많은 돌 그 많은 물 그 많은 푸나무로

雪嶽설악은 日月일월의 邊境변경에 누가 묻은 祭壇제단인가

다섯 자 내 키를 보태니 별빛 손에 시리다.

초겨울 雪嶽설악에 와서·1

落葉낙엽이 내린 후에 물소리는 높아지고

눈 소식 들리는 날 雪嶽山설악산은 强骨강골이다

봄 가을 허울 다 벗고야 깎아지른 萬丈峰만장봉.

초겨울 雪嶽설악에 와서 2

불단풍 둘러입고 둥둥 뜨던 雪嶽山설악산이

오늘은 지쳤는가, 失語症실어증에 걸렸는가

물 구름 짐 다 부리고 영마루에 누워 있다.

제주도 紀行詩抄기행시초 1
— 창파에 떠서

두둥실 창파에 뜨니 하자할 것 없는 목숨

祖國조국도 유품만 같고, 인생은 꿈이다마는

지울 수 없는 사랑아, 먼 돛배야 갈매기야.

제주도 紀行詩抄기행시초 2
— 섬

激情격정 육백 리 달래도 설레는 섬아

남해 쪽빛 다 마시고 초록도 울먹이는데

제 마음 이길 수 없어 나도 너를 찾아왔네.

제주도 紀行詩抄기행시초 3
― 한라산

해발 일천구백 미터 漢拏한라는 탐라 第一景제일경을

常春상춘을 거역하여 홀로인 채 눈을 쓰고

창파도 눌러 앉았네, 다스리고 앉았네.

제주도 紀行詩抄기행시초 4
— 바람

서귀포 귤밭에서 술래 잡던 밝은 바람

모슬포 돌아온 길엔 장다리꽃 흩어놓고

님 오실 바다를 향해 시시덕여 갑니다.

제주도 紀行詩抄기행시초 5
— 漢拏한라의 달

絕島절도엔 어둠도 紺靑감청 향수도 물이 든다

한 자락 젓대를 불어 일만 파도 다 눕히면

漢拏한라도 구름을 열고 달을 띄워 이더라.

서귀포 바다

어제는 궂은비 속에 한 바다가 다 젖더니

오늘은 뭉게구름이 하늘보다 더 높으다

젖은날 젖어서 좋고, 갠날 개서 또 좋고.

干滿간만의 差차

서울서 바라볼 때는 이 제주가 섬이더니

정작 제주에 서니 서울이 또한 絶島절도로고

생각도 차고 이우는 이 干滿간만의 사이사이.

탐라 개벽

새벽닭 울음소리 꽃물처럼 터져나면

귀 밝은 동백꽃이 바닷길을 먼저 연다

靑靑청청한 파도를 밀고 나투시는 탐라 섬.

天王峯천왕봉 솔개
— 智異山지리산 詩抄시초

한 주름 소나기가 산을 씻고 내려간 후

天王峯천왕봉 솔개 한 마리 반 공중에 솟아올라

초록을 빙빙 돌린다 萬丈峰만장봉을 다 돌린다.

거제도 어부

거제도 말 없는 어부는 늙어 果是과시 장부더라

行客행객을 봐도 본숭만숭, 구름을 봐도 본숭만숭

한평생 헤진 파도의 거물코만 깁더라.

江陵강릉 雪月설월

달 보러 왔다 江原강원달 보러 왔다

一江陵일강릉 잠 깊은 밤에 기러기 끊어지고

大關嶺대관령 큰 咆哮포효 같은 雪月설월 보러 내가 왔다.

귀경 열차

세월은 지고 왔다가 지고 가는 꿈이라서

고향에 갔던 열차가 달을 싣고 돌아온다

울고 난 종소리 같은 텅 빈 세상 한복판을.

간이역 불빛

두 줄기 철길만 남긴 채 봄 한철도 떠나가고

쑥국새 울음소리가 여름도 지고 떠났는데

가을은 불빛이 그리워 못 떠나는 簡易驛간이역.

念珠臺_{염주대} 구름

산 너머 또 산 너머 그 너머를 난 몰라도

하루 해 고쳐 앉아 念主臺염주대를 바라보니

늘 보던 구름인데도 저리 눈이 부시다.

* '연주대'를 나는 念主臺라 부른다. 연주대는 시가 안될 것 같아서이다.

莊陵^{장릉}에 와서

꽃다운 목숨이 졌기에 꽃다워라 이 봄 한철

한줌 흙 보태도 그만, 안 보태도 그만인 걸

강산에 봄은 또 오고 소쩍새는 왜 우는가.

無人島무인도

바다가 넓다 해도 눈 감으면 지워진다

떠나는 흰구름도 하늘 넘는 갈매기도

보내면 그뿐이지만 혼자 남을 無人島무인도.

5부

五臺오대에 앉은 구름

물든 산 한 자락을 月精寺월정사가 깔고 앉고

그 위에 저 상원사, 또 그 위에 寂滅寶宮적멸보궁

상상봉 五臺오대를 눌러 흰구름이 앉았더라.

세월이 외로우면

사람이 외로우면 절을 지어 願원을 두고

하늘이 외로우면 솔씨 심어 솔 가꾼다

세월이 외로울라치면 아! 백운청산에 먹뻐꾸기.

中庵중암에 올라

바람에게 물어보고, 구름에게 물어보고,

뻐꾸기 피울음에게 물어봐도 모른다더라

먼발치 보채는 산자락 달래면서 사는 절 한 채.

般若寺^{반야사} 가는길

숨어 핀 들국화가 별빛처럼 뜨는 골짝

般若寺반야사 가는 길은 싸리꽃도 따라 오고

부처가 이 골에 산다고 물소리가 아뢰더라.

雲門寺운문사

구름으로 지은 문이 이 세상에 어디 있는가

구름으로 지은 문 속에 사는 절이 어디 있는가

거짓말 엄청난 거짓말, 엄청나서 쇠북이 운다.

月精寺_{월정사} 석탑

강원도 오대산 月精寺월정사 사슴뿔을 닮은 석탑

뿔끝에 감긴 구름, 구름 끝에 도는 하늘

꺾으면 진달래 같은 피도 흘러나겠네.

洛山寺낙산사 所見소견

강원도 洛山寺낙산사 義湘臺의상대 깎아지른 그 절벽 끝

義湘의상은 등을 안 켜고 동해 불러 켰더구나

때로는 갈매기 두 셋 水天수천 아득 두신 채로.

大興寺대흥사

산은 하늘 끝에, 절은 또한 그 따 끝에

적막은 어느 끝에 사무치어 우는 걸까

頭輪山두륜사 大興寺대흥사 범종 피를 쏟는 동백꽃.

黃嶽山황악산 쇠북소리

일흔 고개, 여든 고개, 다 넘어선 아흔 고개

세월도 털이 빠지면 가벼울 줄 알았는데

황악산 쇠북소리는 굴릴수록 더 무겁다.

望月寺망월사의 밤

풍경소리 떠나가면 절도 멀리 떠나가고

흐르는 물소리에 골도 감감 잠겼는데

적막이 혼자 둥글어 달을 밀어 올립니다.

북소리
— 동화사에서

노스님 북채를 잡고 먼 구름을 두드린다

산 가득 앉는 어스름, 떠오르는 연꽃노을

두리둥 두리둥 두리둥 만산에 우레가 떨어진다.

寂夜^{적야}

노스님 장삼자락 파초처럼 꺾인 밤은

던져둔 빈 하늘에 短劍^{단검} 같은 달이 가고

비보다 추운 落葉^{낙엽}이 온 산 다 적시누나.

微微笑 미미소 1
— 석굴암 대불

동해보다 넓은 이마, 무릎 아래 접은 파도

꽃 지는 적막에는 이길 수가 다시 없어

부처님 흘리신 미소가 눈썹까지 차오른다.

微微笑미미소 2
— 運舟寺운주사 석불

천 년도 참았거니 하루해를 못 참아서

복사꽃 같은 미소 오지랖을 다 적시나

코와 입 문드러지도록 봄을 웃고 나선 石佛석불.

無佛行무불행

아장아장 걷는 것이 童佛동불인 줄 알던 내가

휘청휘청 걷는 것이 老佛노불인 줄 알던 내가

오늘은 지팡이 하나로 無佛무불의 길 걸어갑니다.

禮佛예불

오색 깃 딱따구리는 굽은 고목 두드리고

가사 장삼 늙은 스님은 둥근 목탁 두드리고

듣고만 있을 수 없어서 동산 위에 달이 돋는다.